राहत इन्दौरी

डॉ. राहत इन्दौरी का जन्म 1 जनवरी, 1950 को इन्दौर में रिफतुल्लाह और मकबूल बी के घर में हुआ। उन्होंने उर्दू में एम.ए. और पीएच.डी. करने के बाद सोलह वर्षों तक इन्दौर विश्वविद्यालय में उर्दू साहित्य का अध्यापन किया। दस वर्षों तक त्रैमासिक पत्रिका *शाखें* का सम्पादन किया। पचास से अधिक लोकप्रिय हिन्दी फ़िल्मों एवं म्यूज़िक अलबमों के लिए गीत लिखे।

अब तक शायरी के छह संग्रह प्रकाशित। मुशायरों और साहित्यिक जलसों में शिरकत करने के लिए अमेरिका, कनाडा, इंग्लैंड आदि अनेक देशों की अनगिनत यात्राएँ कीं।

अपनी शायरी के लिए जनसामान्य के बीच असाधारण रूप से लोकप्रिय रहे। कई पुस्तकों से सम्मानित। सभी प्रमुख ग़ज़ल गायकों ने उनकी ग़ज़लों को अपनी आवाज़ दी।

निधन : 11 अगस्त, 2020

मेरे बाद...

राहत इन्दौरी

लिप्यंतरण

अनुराधा शर्मा

राधाकृष्ण पेपरबैक्स

राधाकृष्ण पेपरबैक्स में
पहला संस्करण : 2016
नौवाँ संस्करण : 2026

राधाकृष्ण पेपरबैक्स : उत्कृष्ट साहित्य के जनसुलभ संस्करण

राधाकृष्ण प्रकाशन प्राइवेट लिमिटेड
जी-17, जगतपुरी, दिल्ली-110 051
द्वारा प्रकाशित

शाखाएँ : अशोक राजपथ, साइंस कॉलेज के सामने, पटना-800 006
पहली मंजिल, दरबारी बिल्डिंग, महात्मा गांधी मार्ग, प्रयागराज-211 001
1, अनमोल सोराबजी सन्तुक लेन, धोबी तलाव, मरीन लाइंस, मुम्बई-400 002
वेबसाइट : www.radhakrishnaprakashan.com
ई-मेल : info@radhakrishnaprakashan.com

बी.के. ऑफसेट
नवीन शाहदरा, दिल्ली-110 032
द्वारा मुद्रित

मूल्य : 199

MERE BAAD...
by Rahat Indori
Transliterate by Anuradha Sharma

ISBN : 978-81-8361-821-2

भूमिका

डॉ. राहत इन्दौरी की शायरी आसमानों की बुलन्दियों को छूती हुई ज़मीन की शायरी है

अगर आपका मन शायरी में अल्फ़ाज़ कैसे झूमते हैं, ये देखने का हो; जज़्बात लफ़्ज़ों में कैसे बात करते हैं, ये जानने का हो; विचार को चारदीवारी से बाहर निकालकर सब तक कैसे पहुँचाया जाता है, ये समझने का हो; या फिर शायरी में शायरी से मुहब्बत कैसे की जाती है, ये देखने का हो; दिल के ख़त पर दस्तख़त कैसे किए जाते हैं, ये हुनर सीखने का हो; सामान्य बात को विशेष कैसे बनाया जाता है, इस प्रतिभा से परिचित होने का हो; या फिर विशेष और कठिन से कठिन बात को साधारण तरीके से कहने की कला सीखने का हो, तो ये सारी चीज़ें आपको एक ही व्यक्तित्व में मिल जाएँगी और उस शख़्सियत का नाम है : जनाब राहत इन्दौरी!

जिसने भी उन्हें मंच पर कविता सुनाते हुए देखा है, वह अच्छी तरह जानता है कि राहत भाई लफ़्ज़ को केवल बोलते ही नहीं हैं, उसको चित्रित भी कर देते हैं। कई बार ऐसा लगता है कि ये अज़ीम शायर लफ़्ज़ों के जरिये पेंटिंग कर रहा है। उनमें अपने भावों और विचारों के रंग भरकर सामने ला रहा है।

राहत भाई की शायरी को हम केवल सुनते ही हों, ऐसा नहीं है, उनकी शायरी दिखाई भी देती है। वे जो कुछ कहना चाहते हैं, उसे चित्रित भी कर देते हैं, इसलिए उनका कथ्य पर्दे के पीछे छुपे होने के बावजूद साफ़ दिखाई देता है। यह विरोधाभास सामान्य कवि या शायर में नहीं मिलता वरन् उसमें ही मिलता है जिसे उपयुक्त शब्दों को इस्तेमाल करने की समझ हो और वह जो कहना चाहता है उसे दूसरों तक पहुँचाने की तड़प भी हो।

राहत भाई ने भले ही एक स्थान पर यह कहा है :

मेरी ग़ज़ल को ग़ज़ल ही समझ तो अच्छा है
मेरी ग़ज़ल से कोई रुख़ निकालता क्यूँ है

लेकिन यह उनकी विनम्रता ही है। सच तो यह है कि यदि उनकी शायरी के भाव-पक्ष अर्थात विषयवस्तु की दृष्टि से विचार किया जाए तो हमें पता चलेगा कि उनका कथ्य अनेक विषयों से जुड़ा है, जैसे—प्रेम से, अध्यात्म अर्थात मार्फ़त से, जीवन-यथार्थ से, जीवनानुभवों से, बदलते जीवन-मूल्यों से, नारी-विमर्श से, सामाजिक विसंगतियों से, रिश्तों से, क़ानून-व्यवस्था से, बाज़ारवाद से, धार्मिक तथा अन्य प्रकार के आडम्बरों से, मशीनीकरण से, पश्चिमीकरण के अंधानुकरण से, देश की सियासत और बेकारी जैसी आर्थिक समस्याओं तथा आर्थिक विसंगतियों से भी। आशय यह है कि राहत भाई ने पूरी संवेदना और ईमानदारी के साथ इन बातों पर सहज और सरल भाषा में कलात्मक और सकारात्मक शायरी की है। उनके प्रतीक, उनके बिम्ब, उनकी शब्द-योजना, नई मुहावरेदारी, सटीक कल्पनाशीलता तथा बात को सूक्तिमय शैली में कहने की अदा अद्वितीय है। उनकी शायरी में अगर एक ओर गम्भीरता रहती है तो दूसरी ओर चुलबुलापन भी रहता है और यही कारण है कि उनकी शायरी श्रोताओं और पाठकों, दोनों को अपनी-अपनी तरह से आकर्षित करती है। उनकी शायरी सोच के आसमान की बुलन्दियों को छूते हुए भी ज़मीन की शायरी है। वे कहते हैं :

झूठी बुलन्दियों का धुआँ पार करके आ
क़द नापना है मेरा तो छत से उतर के आ

राहत भाई जहाँ मुहब्बत की बात करते हैं, वहीं कहीं-कहीं अध्यात्म और मार्फ़त की बात भी अचानक ही हो जाती है। इस सम्बन्ध में उनका यह एक शेर बहुत ही प्रसिद्ध है :

उसकी याद आई है साँसो ज़रा आहिस्ता चलो,
धड़कनों से भी इबादत में ख़लल पड़ता है

राहत भाई के इस शेर में जो गहराई है, वह अचानक ही नहीं आई है। बक़ौल उनके ही :

हमसे पूछो कि ग़ज़ल माँगती है कितना लहू
सब समझते हैं ये धंधा बड़े आराम का है

राहत भाई एक ऐसे शायर हैं जिन्होंने ज़िन्दगी की हक़ीक़त को, उसकी नश्वरता को अच्छी तरह पहचाना है और उसी पहचान को शायरी के रूप में नए ढंग से पेश किया है :

कटी जाती हैं साँसों की पतंगें
हवा तलवार होती जा रही है

यही नहीं, दुनिया के तजुर्बात को भी उन्होंने बड़े ही सुन्दर ढंग से प्रस्तुत किया है और दुनिया के बारे में यह कहा है :

जिसको दुनिया कहा जाता है कोठे की तवाइफ़ है
इशारा किसको करती है नज़ारा कौन करता है

आज के समाज में नारी की जो दशा है और उसके साथ जो ज़ुल्म और बलात्कार हो रहे हैं, उन पर भी उनकी दृष्टि गई है और उन्होंने यह कहा :

दिखाई देता है जो भेड़िये के होंठों पर
वो लाल दूध हमारी सफ़ेद गाय का है

दूसरी ओर उन्होंने ऐसे समाज पर व्यंग्यात्मक शब्दावली में यह भी कहा है :

गाँव की बेटी की इज़्ज़त तो बचा लूँ लेकिन
मुझे मुखिया न कहीं गाँव के बाहर कर दे

इस समाज-व्यवस्था के कर्णधारों के आडम्बर की बात करते हुए वे यह भी कहते हैं :

सारी फ़ितरत तो नक़ाबों में छिपा रक्खी थी
सिर्फ़ तसवीर उजालों में लगा रक्खी थी

रिश्तों पर अपनी लेखिनी चलाते हुए राहत साहब संसार के सबसे ख़ूबसूरत और नजदीक़ी रिश्ते अर्थात माँ के व्यक्तित्व की अक़ीदत को नमन करते हुए कहते हैं :

माँ के क़दमों के निशां हैं कि दीये रौशन हैं
ग़ौर से देख यहीं पर कहीं जन्नत होगी

राहत साहब ने हमारे देश की क़ानून-व्यवस्था पर भी ख़ूब कहा है। चोरी-डकैती आज खुलेआम हो रही है। इस पर उनका ये शेर देखें :

जो माल तेरा था कल तक, वो अब पराये का है
यही रिवाज मेरे शहर की सराय का है

आज वैश्वीकरण के कारण जो भारत में बाज़ारवाद आया है, उस पर टिप्पणी करते हुए वे कहते हैं :

तू जो चाहे तो तेरा झूठ भी बिक सकता है
शर्त इतनी है कि सोने की तराज़ू रख ले

आज का युग विज्ञापन का युग है, इस बात को भी शायर ने अच्छी तरह समझा है और यह कहा है :

किसी को ज़ख़्म दिये हैं किसी को फूल दिये
बुरी हो चाहे भली हो मगर ख़बर में रहो

आज हमारे युवक गाँव से शहरों की तरफ़ और देश से विदेश की ओर भाग रहे हैं, इस पर भी राहत साहब का ध्यान गया है :

नौजवाँ बेटों को शहरों के तमाशे ले उड़े
गाँव की झोली में कुछ मजबूर माँएँ रह गईं

डॉ. राहत इन्दौरी ने सियासत पर भी नज़र डाली है और उन्हें इस सन्दर्भ में जैसा लगा, वैसा ही लिखा :

यहाँ तो चारों तरफ़ कोयले की खानें हैं
बचा न पाएगा कपड़े सँभालता क्यूँ है

और उन्होंने यह बात ऐसे ही नहीं लिख दी। उन्होंने साफ़-साफ़ यह देखा :

रहबर मैंने समझ रक्खा था जिनको राहत
क्या ख़बर थी कि वही लूटने वाले होंगे

अगर हमारे राजनेता ही ऐसे निकल आएँ, जिन्हें हम चुनकर भेजते हैं, वे अपनी मनमानी करते रहें तो कवि का कर्तव्य हो जाता है कि वह इस स्वर में भी बात करे जिसमें राहत भाई करते हैं। वे कहते हैं :

इंतज़ामात नए सर से सँभाले जाएँ
जितने कमज़र्फ़ हैं महफ़िल से निकाले जाएँ

राहत भाई ने सभी क्षेत्रों के प्रदूषण पर भी नज़र दौड़ाई है और इस प्रदूषण को अलग-अलग शेरों में रेखांकित भी किया है। साहित्य के मंचों के क्षेत्र में जो प्रदूषण है, उस पर उन्होंने अच्छा कटाक्ष किया है :

अदब कहाँ का कि हर रात देखता हूँ मैं
मुशायरों में तमाशे मदारियों वाले

वे यह भी कहते हैं :

ग़ज़ल की क़ब्र पे आँसू बहा के लौट आया
मुशायरों में लतीफ़े सुना के लौट आया

आज धार्मिकता भी स्वच्छ नहीं रह पाई है। धर्म की आड़ में कुछ और फ़ायदे प्राप्त करने का लक्ष्य भी आज अच्छी तरह दिखाई देता है। ख़ास तौर से आज सियासत में धर्म का खेल ख़ूब चल रहा है। दंगे-फ़साद भी इसी की देन हैं। राहत जी इसी वजह से यह लिखते हैं :

देवताओं और ख़ुदाओं की लगाई आग ने
देखते ही देखते बस्ती को जंगल कर दिया

धार्मिकता भी मतलब की रह गई है, इस पर टिप्पणी करते हुए वे कहते हैं :

ख़ुदा से काम कोई आ पड़ा है
बहुत मस्जिद के चक्कर लग रहे हैं

जहाँ तक कला-पक्ष और शिल्प का प्रश्न है, राहत भाई की ग़ज़लें पूरी परिपक्वता लिये हुए हैं। चाहे वह ग़ज़ल की बहर या छन्द की बात हो, चाहे अपनी बात को सटीक भाषा में अभिव्यक्त करने की, चाहे भाषा के मुहावरे की हो या सूक्तमयता की, चाहे प्रतीक विधान की हो या बिम्बात्मकता की, और फिर चाहे वह कल्पनाशीलता की हो या यथार्थ की—छन्द की दृष्टि से विचार करें तो उन्होंने सालिम और मिश्रित, दोनों ही प्रकार की बहरों का इस्तेमाल किया है। वैसे उन्हें बहरे-हजज़ अधिक पसन्द है जिसका प्रमुख रुक्न 'मफाईलुन' है। इसका एक उदाहरण देखें :

पुराने दाँव पर हर दिन नए आँसू लगाता है
वो अब भी इक फटे रूमाल पर ख़ुशबू लगाता है

राहत साहब ने अपनी ग़ज़लों के लिए उस भाषा का चुनाव किया है जो पूरी तरह बोलचाल की भाषा है। वह ठेठ उर्दू नहीं है। क्योंकि वे कहते भी हैं :

हमने सीखी नहीं है क़िस्मत से
ऐसी उर्दू जो फ़ारसी भी लगे

वह ऐसी भाषा है जो सबकी समझ में आ जाए, फिर चाहे उसमें बोल-चाल के नित्य प्रयुक्त होने वाले अंग्रेज़ी के ही शब्द क्यों न हों। एक

शेर में उन्होंने 'कैलेंडर' शब्द का प्रयोग बेझिझक कर दिया है। उदाहरण देखें :

बहुत रंगीन तबीयत हैं परिंदे
दरख़्तों पर कैलेंडर लग रहे हैं

इसी प्रकार राहत भाई ने ऐसे शब्दों का भी निर्माण किया है जो केवल उन्हीं के बनाए हुए से लगते हैं किन्तु अपना वास्तविक अर्थ भी देते हैं। जैसे— एक शेर के दूसरे मिसरे : 'उड़नचियों से कोई कितनी दूर जाएगा' में 'उड़नचियों' शब्द, और 'मेरे बारे में ये सोचा-विचारा कौन करता है' में 'सोचा-विचारा' शब्द। इसी के साथ-साथ उन्होंने मुहावरेदार भाषा का प्रयोग भी किया है। जैसे—'होश ठिकाने आना' (अब कहीं जाके मेरे होश ठिकाने आए), 'जीने के लाले पड़ना', आदि। कुछ नए मुहावरे भी उन्होंने स्वयं गढ़े हैं, जैसे—'फटे रूमाल पर ख़ुशबू लगाना' (वो अब भी इक फटे रूमाल पर ख़ुशबू लगाता है), आदि।

शायरी इशारों में कही हुई बात है, और इसमें सबसे बड़ा उपयोग 'प्रतीकों' का होता है। राहत भाई को ऐसे प्रतीकों के प्रयोग में महारत हासिल है। उन्होंने अलग-अलग क्षेत्रों के प्रतीकों का प्रयोग किया है। पौराणिक प्रतीकों को यदि देखें तो उन्होंने 'लक्ष्मण', 'गौतम' आदि सकारात्मक प्रतीकों का प्रयोग करके वह अर्थ ध्वनित किया है जो वह कहना चाहते हैं। इसी प्रकार 'राक्षस' क्रूरता का तथा 'देवता' अच्छाई का प्रतीक बनकर उनकी शायरी में आया है। उदाहरण के लिए ये शेर देखें :

ये शहर वो है जहाँ राक्षस भी रहते हैं
हर इक तराशे हुए बुत को देवता न कहो

इसी प्रकार 'बिच्छू', 'काग़ज़ का गुलाब', भेड़िया, गाय, कबूतर, पेड़ आदि प्रतीकों का भी सटीक प्रयोग किया है।

किसी भी शायर को बड़ा शायर तब कहा जाता है जब उसके शेर जिन्दगी के अनेक मोड़ों पर याद आएँ और ज़िन्दगी को कोई नया अनुभव या नई दिशा भी दें। ये वे शेर होते हैं जो समय-समय पर उपयुक्त स्थान और वक़्त पर उद्धृत करने योग्य होते हैं। राहत भाई के इस ग़ज़ल संग्रह में भी अनेक ऐसे शेर हैं जो मन में उतरते चले जाते हैं और कुछ सोचने को मजबूर करते हैं तथा दिशा-निर्देश भी करते हैं। ये शेर एक प्रकार से सूक्ति-वाक्य जैसे लगते हैं।

राहत भाई के ऐसे शेरों की एक बड़ी संख्या है। किन्तु बानगी के तौर पर कुछ शेर ये हैं :

हर एक चेहरे को ज़ख़्मों का आईना न कहो
ये ज़िन्दगी तो है रहमत इसे सज़ा न कहो

मुस्कराहट की सलीबों पे चढ़ा दो आँसू
ज़िन्दगी ऐसी गुज़ारो कि मिसालों में मिले

टूट कर बिखरी हुई तलवार के टुकड़े समेट
और अपने हार जाने का सबब मालूम कर

सफ़र की हद है वहाँ तक कि कुछ निशान रहे
चले चलो कि जहाँ तक ये आसमान रहे

आशय यह है कि राहत भाई की शायरी ज़िन्दगी में नया हौसला पैदा करने वाली और हारे-थके को नया उत्साह दिलाने वाली सकारात्मक तथा संवेदनशील शायरी है। वह प्रत्येक कोण से साफ़-सुथरी और साहित्यिक मानदंडों पर खरी उतरने वाली उद्‌देश्यपूर्ण शायरी है। यह व्यक्तिगत मनोभावों से लेकर सामाजिक सरोकारों, देश-दशा और विश्व पर नज़र रखने वाली शायरी भी है। उन्होंने विदेशों में भी अपनी शायरी को चर्चित किया है और देश-दुनिया के हालात भी देखे हैं इसलिए उनकी ग़ज़लों में सचाई और प्रामाणिकता है। लेकिन शर्त यह है कि उनके इस शेर की बात को समझकर उसे माना भी जाए :

काग़ज़ों की ख़ामोशियाँ भी पढ़
एक इक हर्फ़ को सदा भी मान

उनके 'मेरे बाद' नामक इस संग्रह को किस प्रकार पढ़ा जाए, इसका तरीक़ा भी वे ख़ुद बता देते हैं और यही तरीक़ा ठीक भी है :

अभी तो नाव किनारे है फ़ैसला न करो
ज़रा बढ़ोगे तो गहराइयाँ भी आएँगी।

—डॉ. कुँअर बेचैन

अनुक्रम

मेरे बाद...

पुराने दाँव पर हर दिन नए आँसू लगाता है
वो अब भी इक फटे रूमाल पर ख़ुशबू लगाता है

मैं काली रात के तेज़ाब से सूरज बनाता हूँ
मेरी चादर में ये पैबन्द इक जुगनू लगाता है

उसे कह दो कि ये ऊँचाइयाँ मुश्किल से मिलती हैं
वो सूरज के सफ़र में मोम के बाज़ू लगाता है

नमाज़-ए-मुस्तक़िल[1] पहचान बन जाती है चेहरों की
तिलक जिस तरह माथे पर कोई हिन्दू लगाता है

यहाँ लछमन की रेखा है, न सीता है मगर फिर भी
बहुत फेरे हमारे घर के इक साधू लगाता है

अँधेरे और उजाले में ये समझौता ज़रूरी है
निशाने हम लगाते हैं, ठिकाने तू लगाता है

न जाने यह अनोखा फ़र्क़ उसमें किस तरह आया
वो अब कॉलर में फूलों की जगह बिच्छू लगाता है

1. निरंतर

मेरे अपने मुझे मिट्टी में मिलाने आए
अब कहीं जा के मेरे होश ठिकाने आए

तूने बालों में सजा रक्खा था काग़ज़ का गुलाब
मैं ये समझा कि बहारों के ज़माने आए

चाँद ने रात की दहलीज़ को बख़्शे हैं चिराग़
मेरे हिस्से में भी अश्कों के ख़ज़ाने आए

दोस्त होकर भी महीनों नहीं मिलता मुझसे
उससे कहना कि कभी ज़ख़्म लगाने आए

फ़ुरसतें चाट रही हैं मेरी हस्ती का लहू
मुंतज़िर[1] हूँ कि मुझे कोई बुलाने आए

1. प्रतीक्षारत

शहर के बिखरे हुए मंज़र उठा ले जाएँगे
फूल चुनने वाले आके सर उठा ले जाएँगे

इक नई मस्जिद बनाना चाहते हैं शहर में
तेरे कूचे का कोई पत्थर उठा ले जाएँगे

हम फ़क़ीरों के लिए तो सारी दुनिया एक है
हम जहाँ जाएँगे अपना घर उठा ले जाएँगे

मस्जिदों की सीढ़ियों पर बैठने वाले फ़क़ीर
क्या ख़बर थी एक दिन मिंबर[1] उठा ले जाएँगे

रंगमहलों के दरीचे खोलिए आलमपनाह
वर्ना शहज़ादी को जादूगर उठा ले जाएँगे

1. मस्जिद के भीतर इमाम द्वारा उपदेश देने के लिए छोटा चबूतरा

हर एक चेहरे को ज़ख़्मों का आईना न कहो
ये ज़िन्दगी तो है रहमत इसे सज़ा न कहो

न जाने कौन सी मजबूरियों का क़ैदी हो
वो साथ छोड़ गया है, तो बेवफ़ा न कहो

ये और बात कि दुश्मन हुआ है आज मगर
वो मेरा दोस्त था कल तक उसे बुरा न कहो

ये शहर वो है जहाँ राक्षस भी रहते हैं
हर इक तराशे हुए बुत को देवता न कहो

हमारे ऐब हमें उँगलियों पे गिनवाओ
हमारी पीठ के पीछे हमें बुरा न कहो

सुलगते सारे छप्पर लग रहे हैं
कवेलू मकबरों पे लग रहे हैं

बबूल आँगन में बोया जा रहा है
पहाड़ों पर सनोबर लग रहे हैं

ख़ुदा से काम कोई आ पड़ा है
बहुत मस्जिद के चक्कर लग रहे हैं

यहाँ दरिया पे पाबन्दी नहीं है
मगर पहरे लबों पे लग रहे हैं

बहुत रंगीन तबीयत हैं परिन्दे
दरख़्तों पे कैलेंडर लग रहे हैं

वो अन्दर से बहुत प्यासे हैं साहब
बज़ाहिर जो समन्दर लग रहे हैं

जो माल तेरा था कल तक, वो अब पराए का है
यही रिवाज मेरे शहर की सराय का है

इसीलिए तो मुसलसल[1] शिकस्त खाते हैं
हमारी फ़ौज में सेनापति किराए का है

जो दोस्तों की तरह मिलता है अँधेरे में
वही उजाला तो दुश्मन हमारे साये का है

दिखाई देता है जो भेड़िये के होंठों पर
वो लाल ख़ून हमारी सफ़ेद गाय का है

शरीफ़ लोग भी राहत से मिलने-जुलने लगे
वो अब शराब का आशिक नहीं है, चाय का है

1. लगातार

सफ़र–सफ़र तेरी यादों का नूर जाएगा
हमारे साथ में सूरज ज़रूर जाएगा

बिखर चुका हूँ मैं इमली की पत्तियों की तरह
अब और ले के कहाँ तक ग़ुरूर जाएगा

मेरी दुआओं, ज़रा साथ–साथ ही रहना
वो इस सफ़र में बहुत दूर–दूर जाएगा

दिलों का मैल ही सबसे बड़ी सदाक़त[1] है
न जाने कब ये दिमाग़ी फ़ितूर जाएगा

ये मशवरा है कि बैसाखियाँ उधार न ले
उड़ंचियों से कोई कितनी दूर जाएगा

1. सचाई

चाँद मेहमां मेरे मकान में था
मैं ख़ुदा जाने किस जहान में था

इक कली मुस्कुरा के फूल हुई
ये क़सीदा[1] भी तेरी शान में था

दिल्ली वालों को क्यों सुना आए
शेर तो लखनवी ज़ुबान में था

धूप की इक किरण भी सह न सका
वो परिन्दा जो आसमान में था

हू-ब-हू तुमसे मिलता-जुलता हुआ
एक चेहरा हमारे ध्यान में था

---

1. प्रशंसा गीत

न हमसफ़र न किसी हमनशीं से निकलेगा
हमारे पाँव का काँटा हमीं से निकलेगा

इसी जगह पे वो भूखा फ़क़ीर रहता था
तलाश कीजे ख़ज़ाना यहीं से निकलेगा

मैं जानता था कि ज़हरीला साँप बन-बन के
तेरा ख़ुलूस मेरी आस्तीं से निकलेगा

बुज़ुर्ग कहते थे इक रोज़ आएगा एक दिन
जहाँ पे डूबेगा सूरज वहीं से निकलेगा

गुज़िश्ता[1] साल के ज़ख़्मो, हरे-भरे रहना
जुलूस अबके बरस भी यहीं से निकलेगा

ये राज़ जानना चाहो तो 'मीर' को पढ़ लो
फिर एक 'हाँ' का इशारा 'नहीं' से निकलेगा

---

1. बीता हुआ

हो लाख ज़ुल्म मगर बद्दुआ नहीं देंगे
ज़मीन माँ है ज़मीं को दग़ा नहीं देंगे

हमें तो सिर्फ़ जगाना है सोने वालों को
जो दर खुला है, वहाँ हम सदा नहीं देंगे

रिवायतों की सफ़ें[1] तोड़कर बढ़ो वरना
जो तुमसे आगे हैं, वो रास्ता नहीं देंगे

ये हमने आज से तय कर लिया कि हम तुझको
करेंगे याद कि जब तक भुला नहीं देंगे

1. कतारें

तुम्हारे नाम पर मैंने हर आफ़त सर पे रक्खी थी
नज़र शोलों पे रक्खी थी, ज़ुबां पत्थर पे रक्खी थी

हमारे ख़्वाब तो शहरों की सड़कों पर भटकते थे
तुम्हारी याद थी, जो रात भर बिस्तर पे रक्खी थी

मैं अपना अज़्म[1] लेकर मंज़िलों की सम्त[2] निकला था
मशक्कत हाथ पे रक्खी थी, क़िस्मत घर पे रक्खी थी

इन्हीं साँसों के चक्कर ने हमें वो दिन दिखाए थे
हमारे पाँव की मिट्टी हमारे सर पे रक्खी थी

सहर तक तुम जो आ जाते तो मंज़र देख सकते थे
दीये पलकों पे रक्खे थे, शिकन बिस्तर पे रक्खी थी

---

1. संकल्प, 2. दिशा

समन्दरों में मुआफ़िक़[1] हवा चलाता है
जहाज़ ख़ुद नहीं चलते, ख़ुदा चलाता है

ये जा के मील के पत्थर पे कोई लिख आए
वो हम नहीं हैं, जिन्हें रास्ता चलाता है

तुझे ख़बर नहीं मेले में घूमने वाले
तेरी दुकान कोई दूसरा चलाता है

वो पाँच वक़्त नज़र आता है नमाज़ों में
मगर सुना है कि शब में जुआ चलाता है

ये लोग पाँव नहीं ज़हन से अपाहिज हैं
उधर चलेंगे जिधर रहनुमा चलाता है

हम अपने बूढ़े चिराग़ों पे खूब इतराए
और उसको भूल गए, जो हवा चलाता है

---

1. अनुकूल

तीरगी[1] चाँद के ज़ीने से सहर तक पहुँची
जुल्फ काँधे से जो उतरी तो कमर तक पहुँची

मैंने पूछा था कि ये हाथ में पत्थर क्यों है
बात जब आगे बढ़ी तो मेरे सर तक पहुँची

मैं तो सोया था मगर बारहा[2] तुझसे मिलने
जिस्म से आँख निकल के तेरे घर तक पहुँची

तुम तो सूरज के पुजारी हो, तुम्हें क्या मालूम
रात किस हाल में कट-कट के सहर तक पहुँची

लोग तो सिर्फ़ ख़राबी पे नज़र रखते हैं
मेरे ऐबों की सज़ा मेरे हुनर तक पहुँची

---

1. अन्धकार, 2. अक्सर

तू तो अपने मशवरों के ज़ख़्म देकर छोड़ दे
मुझको ज़िन्दा किस तरह रहना है, मुझ पर छोड़ दे

इन हवा के ज़लज़लों का है ज़रूरी कुछ इलाज
रेत पर काग़ज़ की इक कश्ती बनाकर छोड़ दे

अब तो इस शीशे के घर में साँस लेना है मुहाल
कम से कम सर फोड़ने को एक पत्थर छोड़ दे

दिल तेरे झूठे ख़तों से बुझ चुका, अब आ भी जा
जिस्म के गौतम से क्या उम्मीद, कब घर छोड़ दे

दिल की दौलत इस क़दर मासूमियत से उड़ गई
जैसे इक शहज़ादी हाथों से कबूतर छोड़ दे

अभी तो सिर्फ़ परिन्दे शुमार करना है
ये फिर बताएँगे किसको शिकार करना है

ये तेरी पीठ है, ऐ मेरे बेख़बर दुश्मन
मगर मुझे तेरे सीने पे वार करना है

हम अपने शहर में महफ़ूज़ भी हैं, ख़ुश भी हैं
ये सच नहीं है, मगर एतबार करना है

हमारा शौक़ है दारो-रसन[1] की पैमाइश[2]
तुम्हारा काम कबूतर शिकार करना है

तुझे क़बीले के क़ानून तोड़ने होंगे
मुझे तो सिर्फ़ तेरा इन्तज़ार करना है

बहुत ग़ुरूर है तुझको ऐ सरफिरे तूफ़ां
मुझे भी ज़िद है कि दरिया को पार करना है

1. फाँसी का फंदा, 2. मापना

ख़ानक़ाहों[1] में हरम में न शिवालों में मिले
वो फ़रिश्ते जो किताबों के हवालों में मिले

चाँद को हमने कभी ग़ौर से देखा ही नहीं
उससे कहना कि कभी दिन के उजालों में मिले

मुस्कुराहट की सलीबों पे चढ़ा दो आँसू
ज़िन्दगी ऐसी गुज़ारो कि मिसालों में मिले

मैंने देखा है तुझे ग़ौर से ऐ जान-ए-ग़ज़ल
'मीर-ओ-ग़ालिब' तेरे उलझे हुए बालों में मिले

भूल से होंठों पे सुक़रात का नाम आया था
और हम डूबे हुए ज़हर के प्यालों में मिले

---

1. फ़कीर के रहने का स्थान

दोस्ती जब किसी से की जाए
दुश्मनों की भी राय ली जाए

मौत का ज़हर है फ़िज़ाओं में
अब कहाँ जा के साँस ली जाए

बस इसी सोच में हूँ डूबा हुआ
ये नदी कैसे पार की जाए

अगले वक़्तों के ज़ख़्म भरने लगे
आज फिर कोई भूल की जाए

लफ़्ज़ धरती पे सर पटकते हैं
गुम्बदों में सदा न दी जाए

बोतलें खोल के तो पी बरसों
आज दिल खोल के भी पी जाए

रोज़ तारों को नुमाइश में ख़लल पड़ता है
चाँद पागल है अँधेरे में निकल पड़ता है

मैं समंदर हूँ कुदाली से नहीं कट सकता
कोई फ़व्वारा नहीं हूँ, जो उबल पड़ता है

कल वहाँ चाँद उगा करते थे हर आहट पे
अपने रस्ते में जो! वीरान महल पड़ता है

न तआरुफ़, न तअल्लुक है मगर दिल अक्सर
नाम सुनता है तुम्हारा तो उछल पड़ता है

उसकी याद आई है साँसो, ज़रा आहिस्ता चलो
धड़कनों से भी इबादत में ख़लल पड़ता है

तुम्हीं कहो कि ठिकाना मेरा कहाँ है मियाँ
ज़मीं से भाग भी जाऊँ तो आस्मां है मियाँ

मैं तुझसे झूठ भी बोलूँ तो छुप नहीं सकता
तमाम शहर यहाँ मेरा राज़दां है मियाँ

मुझे ख़बर नहीं मन्दिर जले हैं या मस्जिद
मेरी निगाह के आगे तो सब धुआँ है मियाँ

मैं सबको राम समझ लूँ तो ये भी ठीक नहीं
यहाँ हरेक के काँधे पे इक कमाँ है मियाँ

अभी तो कोई तरक़्क़ी न कर सके हम लोग
वही किराए का टूटा हुआ मकां है मियाँ

मुझ पर नहीं उठे हैं तो उठकर कहाँ गए
मैं शहर में नहीं था तो पत्थर कहाँ गए

कितने ही लोग प्यास की शिद्दत से मर चुके
मैं सोचता रहा कि समंदर कहाँ गए

मैं ख़ुद ही मेज़बान हूँ मेहमान भी हूँ ख़ुद
सब लोग मुझको घर पे बुलाकर कहाँ गए

सय्याद ने रिहाई तो दे दी मुझे मगर
मुझको ख़बर नहीं कि मेरे पर कहाँ गए

पिछले दिनों की आँधी में गुम्बद तो गिर चुका
'अल्लाह जाने सारे कबूतर कहाँ गए?'[1]

1. यह मिसरा दुष्यंत कुमार का है, संग्रह 'साये में धूप' से

दोस्त है तो मेरा कहा भी मान
मुझसे शिकवा भी कर, बुरा भी मान

दिल को सबसे बड़ा हरीफ़[1] समझ
और इस संग को ख़ुदा भी मान

मैं कभी सच भी बोल देता हूँ
गाहे-गाहे मेरा कहा भी मान

याद कर देवताओं के अवतार
हम फ़क़ीरों का सिलसिला भी मान

काग़ज़ों की ख़मोशियाँ भी पढ़
इक-इक हर्फ़ को सदा भी मान

आज़माइश में क्या बिगड़ता है
फ़र्ज़ कर और मुझे भला भी मान

मेरी बातों से कुछ सबक़ भी ले
मेरी बातों का कुछ बुरा भी मान

ग़म से बचने की सोच कुछ तरकीब
और इस ग़म को आसरा भी मान

---

1. शत्रु

जिस्म के आर-पार होना था
मुझको ख़ुद से फ़रार होना था

चाँद होना तो कोई बात नहीं
उस गली का ग़ुबार होना था

फूल ही फूल पाँव से सर तक
नाम उसका बहार होना था

ऐ ख़ुदा मेरी ज़िन्दगी पे मुझे
कुछ न कुछ इख़्तियार होना था

तू बता तू कहाँ तलक पहुँचा
ख़ैर मुझको तो ख़्वार[1] होना था

शायरी से भी मुतमइन हूँ मगर
कुछ बड़ा कारोबार होना था

---

1. दुर्दशाग्रस्त

ख़ुशी से दूर ग़मों से क़रीब लगते हैं
तुम्हारे शहर के इंसां अजीब लगते हैं

इक इन्क़लाब ने सब सूरतें बदल डालीं
हमें तो अपने ही चेहरे अजीब लगते हैं

सितारे जिनसे मेरा फ़ासला है सदियों का
कभी-कभी तो बहुत ही क़रीब लगते हैं

वो इक इशारे पे दुनिया ख़रीद सकते हैं
जो सूरतों से बहुत ही ग़रीब लगते हैं

पयंबरों का नगर है कि क़ातिलों का नगर
यहाँ दरख़्त भी मुझको सलीब लगते हैं

समंदर पार होती जा रही है
दुआ पतवार होती जा रही है

दरीचे अब खुले मिलने लगे हैं
फ़ज़ा हमवार होती जा रही है

कोई गुम्बद है दरवाज़े के पीछे
सदा बेकार होती जा रही है

मसाइल, जंग, ख़ुशबू, रंग, मौसम
ग़ज़ल अख़बार होती जा रही है

कई दिन से मेरे अन्दर की मस्जिद
ख़ुदा-बेज़ार होती जा रही है

गले कुछ दोस्त आकर मिल रहे हैं
छुरी पर धार होती जा रही है

कटी जाती हैं साँसों की पतंगें
हवा तलवार होती जा रही है

इस दुनिया ने मेरी वफ़ा का कितना ऊँचा मोल दिया
बातों के तेज़ाब में मेरे मन का अमृत घोल दिया

जब भी कोई इनआम मिला है, मेरा नाम ही भूल गए
जब भी कोई इल्ज़ाम लगा है, मुझ पर लाकर ढोल दिया

हाथ के छाले, पाँव के काँटे, आँख में आँसू, दिल का दर्द
तूने मुझको प्यार में जो भी तोहफा दिया अनमोल दिया

अब ग़म आएँ, ख़ुशियाँ आएँ, मौत आए या तू आए
मैंने तो बस आहट पाई और दरवाज़ा खोल दिया

जितना ख़ुशी से नाता मेरा उतना ग़म से रिश्ता है
मैंने इक मीज़ान[1] में अपना सारा दुख-सुख तोल दिया

1. तराज़ू

ग़म से आकर गले ख़ुशी भी लगे
ज़िन्दगी है तो ज़िन्दगी भी लगे

तू जो आए तो ख़ुद भी खो जाऊँ
तू न हो तो तेरी कमी भी लगे

उसकी आँखों को याद कर लेना
आपको प्यास जब कभी भी लगे

हमने सीखी नहीं है क़िस्मत से
ऐसी उर्दू जो फ़ारसी भी लगे

वो कभी रूह में उतर जाए
और किसी रोज़ अजनबी भी लगे

अश्क पलकों पे हों तो अच्छा है
शामियाने में रोशनी भी लगे

सिसकती रुत को महकता गुलाब कर दूँगा
मैं इस बहार में सबका हिसाब कर दूँगा

मैं इन्तज़ार में हूँ तू कोई सवाल तो कर
यक़ीन रख मैं तुझे लाजवाब कर दूँगा

हज़ार पर्दों में ख़ुद को छुपा के बैठ मगर
तुझे कभी न कभी बेनक़ाब कर दूँगा

मुझे भरोसा है अपने लहू के क़तरों पर
मैं नेज़े-नेज़े को शाख़े-गुलाब कर दूँगा

मुझे यक़ीं है कि महफ़िल की रोशनी हूँ मैं
उन्हें ये ख़ौफ़ कि महफ़िल ख़राब कर दूँगा

मुझे गिलास के अन्दर ही क़ैद रख वर्ना
मैं सारे शहर का पानी शराब कर दूँगा

महाजनों से कहो थोड़ा इन्तज़ार करें
शराबख़ाने से आकर हिसाब कर दूँगा

फूल जैसे मखमली तलवों में छाले कर दिये
गोरे सूरज ने हज़ारों जिस्म काले कर दिये

प्यास अब कैसे बुझेगी, हमने ख़ुद ही भूल से
मैक़दे कमज़र्फ़ लोगों के हवाले कर दिये

देखकर तुझको कोई मंज़र न देखा उम्र भर
इक उजाले ने मेरी आँखों में जाले कर दिये

रोशनी के देवता को पूजता था कल तलक
आज घर की खिड़कियों के काँच काले कर दिये

ज़िन्दगी का कोई भी तोहफ़ा नहीं है मेरे पास
ख़ून के आँसू तो ग़ज़लों के हवाले कर दिये

कोई मौसम हो, दुख–सुख में गुज़ारा कौन करता है
परिन्दों की तरह सब कुछ गवारा कौन करता है

वज़ीरों से सिफ़ारिश की तमन्ना हम नहीं करते
हमें मालूम है, ज़र्रे को तारा कौन करता है

ये मुझ तक आते–आते हादसे क्यों लौट जाते हैं
मेरे बारे में ये सोचा–विचारा कौन करता है

घरों की राख फिर देखेंगे पहले देखना ये है
घरों को फूँक देने का इशारा कौन करता है

जिसे दुनिया कहा जाता है कोठे की तवाइफ़ है
इशारा किसको करती है, नज़ारा कौन करता है

सबब वो पूछ रहे हैं उदास होने का
मेरा मिज़ाज नहीं बेलिबास होने का

नया बहाना है हर पल उदास होने का
ये फ़ायदा है तेरे घर के पास होने का

महकती शाम के लम्हों, नज़र रखो मुझ पर
बहाना ढूँढ रहा हूँ, उदास होने का

मैं तेरे पास बता किस गरज़ से आया हूँ
सुबूत दे मुझे चेहरा शनास[1] होने का

मेरी ग़ज़ल से बना ज़ेहन में कोई तस्वीर
सबब न पूछ मेरे देवदास होने का

कहाँ हो आओ मेरी भूली-बिसरी यादों, आओ
ख़ुश-आमदीद है, मौसम उदास होने का

कई दिनों से तबीयत मेरी उदास न थी
यही जवाज़[2] बहुत है उदास होने क़ा

---

1. चेहरा पहचानने वाला, 2. कारण

वही सुख-दुख, उसी मंज़र की तरह लगता है
मैकदे में भी मुझे घर की तरह लगता है

तू कहाँ गुम है, तेरे रेशमी आँचल की क़सम
आँसू अब आँख में कंकर की तरह लगता है

याद हैं तुझसे बिछुड़ने की वो ठंडी रातें
अब तो हर रुत में दिसम्बर की तरह लगता है

कभी दिल बन के जो सीने से लगा करता था
अब वही पीठ में ख़ंजर की तरह लगता है

रात की गोद में ये सहमा हुआ आधा चाँद
मेरे टूटे हुए सागर की तरह लगता है

जिसने कुछ देखा न हो गाँव के पनघट के सिवा
उसको दरिया भी समन्दर की तरह लगता है

यही वो कच्चे मकां हैं भिखारियों वाले
यहाँ उतर के चलेंगे सवारियों वाले

कभी मचान से नीचे उतर के बात करो
बहुत पुराने हैं क़िस्से शिकारियों वाले

मैं जानता हूँ कि मैं सल्तनत का मालिक हूँ
मगर बदन पे हैं कपड़े भिखारियों वाले

ज़मीं पे रेंगते चलने की हमको आदत है
हमारे साथ न आएँ सवारियों वाले

अदब कहाँ का कि हर रोज़ देखता हूँ मैं
मुशायरों में तमाशे मदारियों वाले

मेरी बहार मेरे घर के फूलदान में है
खिले हैं फूल हरी-पीली धारियों वाले

इन्तज़ामात नए सर से सँभाले जाएँ
जितने कमज़र्फ़ हैं, महफ़िल से निकाले जाएँ

मेरा घर आग की लपटों में छिपा है लेकिन
जब मज़ा है तेरे आँगन में उजाले जाएँ

ग़म सलामत है तो पीते ही रहेंगे लेकिन
पहले मैख़ाने के हालात सँभाले जाएँ

ख़ाली वक़्तों में कहीं बैठ के रो लें यारो
फ़ुरसतें हैं तो समंदर ही खँगाले जाएँ

हम भी प्यासे हैं ये अहसास तो हो साक़ी को
ख़ाली शीशे ही हवाओं में उछाले जाएँ

सारी फ़ितरत तो नक़ाबों में छिपा रक्खी थी
सिर्फ़ तसवीर उजालों में लगा रक्खी थी

हम दीया रख के चले आए हैं, देखें क्या हो
उस दरीचे पे तो पहले से हवा रक्खी थी

ज़िन्दगी तेरी क़सम खा के जिन्हें पीते रहे
उन चमकदार गिलासों में कज़ा रक्खी थी

मेरी गरदन पे थी तलवार मेरे दुश्मन की
मेरे बाज़ू पे मेरी माँ की दुआ रक्खी थी

शहर में रात मेरा ताज़ियती जलसा[1] था
सब नमाज़ी थे मगर सबने लगा रक्खी थी

1. शोक सभा

आँसू-आँसू साज़िश होती रहती है
हर मौसम में बारिश होती रहती है

हम लोगों से झुककर मिलते रहते हैं
क़ामत[1] की पैमाइश होती रहती है

काई जमी रहती है रूहों पर लेकिन
जिस्मों की आराइश[2] होती रहती है

उजले गुम्बद काले फीते बाँधे हैं
जाने क्या-क्या साज़िश होती रहती है

आती-जाती चिड़ियाँ रौशनदानों में
घर-आँगन की ख़्वाहिश होती रहती है

घर के बाहर सूरज आग उगलता है
घर के अन्दर बारिश होती रहती है

मुझसे दिल का हाल कोई कब पूछता है
ग़ज़लों की फ़रमाइश होती रहती है

---

1. आकार, 2. सजावट

साथ मंज़िल थी मगर ख़ौफ़ो-ख़तर ऐसा था
उम्र भर चलते रहे लोग सफ़र ऐसा था

जब वो आए तो मैं ख़ुश भी हुआ शर्मिन्दा भी
मेरी तक़दीर थी ऐसी मेरा घर ऐसा था

याद थीं मुझको भी चेहरों की किताबें क्या-क्या
दिल शिकस्ता था मगर तेज़ नज़र ऐसा था

आग ओढ़े था मगर बाँट रहा था साया
धूप के शहर में इक तनहा शजर ऐसा था

लोग ख़ुद अपने चिराग़ों को बुझाकर आए
शहर में तेज़ हवाओं का असर ऐसा था

झूठी बुलन्दियों का धुआँ पार करके आ
क़द नापना है मेरा तो छत से उतर के आ

इस पार मुन्तज़िर हैं तेरी ख़ुशनसीबियाँ
लेकिन ये शर्त है कि नदी पार करके आ

कुछ दूर मैं भी दोश-ए-हवा[1] पर सफ़र करूँ
कुछ दूर तू भी ख़ाक की सूरत बिखेर के आ

मैं धूल में अटा हूँ, मगर तुझको क्या हुआ
आईना देख, जा ज़रा घर जा सँवर के आ

सोने का रथ फ़क़ीर के घर तक न आएगा
कुछ माँगना है हमसे, तो पैदल उतर के आ

1. हवा के काँधों पर

अपने होने का हम इस तरह पता देते थे
ख़ाक़ मुट्ठी में उठाते थे, उड़ा देते थे

बेसमर[1] जान के हम काट चुके हैं जिनको
याद आते हैं कि बेचारे हवा देते थे

अब से पहले के जो क़ातिल थे, बहुत अच्छे थे
क़त्ल से पहले वो पानी तो पिला देते थे

उसकी महफ़िल में वही सच था, वो जो कुछ भी कहे
हम भी गूँगों की तरह हाथ उठा देते थे

अब मेरे हाल पे शर्मिन्दा हुए हैं वो बुज़ुर्ग
जो मुझे फूलने-फलने की दुआ देते थे

1. फलविहीन

ये हादसा तो किसी दिन गुज़रने वाला था
मैं बच भी जाता, तो इक रोज़ मरने वाला था

बुलन्दियों का नशा टूटकर बिखरने लगा
मेरा जहाज़ ज़मीं पे उतरने वाला था

मेरा नसीब, मेरे हाथ कट गए वर्ना
मैं तेरी माँग में सिन्दूर भरने वाला था

ज़मीं से अब के बड़े फ़ासले उगे वर्ना
वो भाई, मुझसे बड़ा प्यार करने वाला था

मेरे चिराग़, मेरी शब, मेरी मुँडेरें हैं
मैं कब शरीर हवाओं से डरने वाला था

ग़ज़ल की कब्र पे आँसू बहा के लौट आया
मुशायरों में लतीफ़े सुना के लौट आया

सफ़र में जितना मज़ा है, वो मंज़िलों पे कहाँ
मैं इस दफ़ा तो बहुत दूर जा के लौट आया

ये सोच के कि वो तन्हाई साथ लाएगा
मैं छत पे बैठे परिन्दे उड़ा के लौट आया

वो अब भी रेल में बैठी सिसक रही होगी
मैं अपना हाथ हवा में हिला के लौट आया

ख़बर मिली है कि सोना निकल रहा है वहाँ
मैं जिस ज़मीन पे ठोकर लगा के लौट आया

वो चाहता था कि कासा[1] ख़रीद ले मेरा
मैं उसके ताज की क़ीमत लगा के लौट आया

1. भिक्षा–पात्र

शहरों-शहरों गाँव का आँगन याद आया
झूठे दोस्त और सच्चा दुश्मन याद आया

पीली-पीली फ़स्लें देख के खेतों में
अपने घर का खाली बरतन याद आया

गिरजा में इक मोम की मरियम रक्खी थी
माँ की गोद में गुज़रा बचपन याद आया

देख के रंगमहलों की रंगीं दीवारें
मुझको अपना सूना आँगन याद आया

जंगल सर पर रख के सारा दिन भटके
रात हुई तो राज-सिंहासन याद आया

चाँद के माथे पे सूरज का नज़ारा पढ़ लिया
'मीर' को हमने सवेरे तक दुबारा पढ़ लिया

अपनी काग़ज़ की हवेली भीगने से बच गई
अक्लमन्दी की, के मौसम का इशारा पढ़ लिया

मौजें लिखती जा रही थीं बादबानों[1] पर नसीब
मैंने घबराहट में तूफ़ां को किनारा पढ़ लिया

सो रही थी उजली पोशाकों में काली आत्मा
कम समझ लोगों ने ज़र्रों को सितारा पढ़ लिया

मज़हबी लोगों में उठना-बैठना आसां नहीं
एहतियातन हमने भी पहला सिपारा पढ़ लिया

---

1. जहाज़ का पाल

चेहरे से धूप आँखों से गहराई ले गया
आईना सारे शहर की बीनाई ले गया

डूबे हुए जहाज़ पे क्या तबसरा[1] करें
ये हादसा तो सोच की गहराई ले गया

हालाँकि बेज़बान था, लेकिन अजीब था
जो शख़्स मुझसे छीन के गोयाई[2] ले गया

मैं आज अपने घर से निकलने न पाऊँगा
बस इक क़मीज़ थी, जो मेरा भाई ले गया

'ग़ालिब' तुम्हारे वास्ते अब कुछ नहीं रहा
गलियों के सारे संग तो सौदाई ले गया

1. टिप्पणी, 2. बोलने की शक्ति

मेरे अहबाब[1] को जिस वक़्त भी फ़ुरसत होगी
और तो कुछ नहीं होगा, मेरी ग़ीबत[2] होगी

अब के बारिश में नहाने का मज़ा आएगा
बेलिबासी की तरह घर की खुली छत होगी

उससे मिलना हो, तो वो शाम ढले मिलता है
धूप में घर से निकलना तो हिमाकत होगी

शाम जब वापसी होगी तो हमेशा की तरह
घर की दहलीज़ के पत्थर से नदामत[3] होगी

माँ के क़दमों के निशां हैं कि दीये रौशन हैं
ग़ौर से देख यहीं पर कहीं जन्नत होगी

1. रिश्तेदार, दोस्त, 2. पीठ पीछे बुराई, 3. शर्मिन्दगी

शाम ने जब पलकों पे आतिशदान लिया
कुछ यादों ने चुटकी में लोबान लिया

धड़कन-धड़कन नाम तुम्हारा लिखती है
बस्ती भर ने जाने कैसे जान लिया

प्यास तो अपनी सात समंदर जैसी थी
नाहक हमने बारिश का एहसान लिया

ख़ुशियों का बहरूप धरे हम निकले थे
पहले क़दम पे ग़म ने कहा पहचान लिया

कितने सुख से धरती ओढ़ के सोते हैं
हमने अपनी माँ का कहना मान लिया

तेरा अहसान है जितनी भी मयस्सर कर दे
हाँ, मगर इतनी हो साक़ी कि गला तर कर दे

झूठ को अपने मेरे सच के बराबर कर दे
सामरी तू है, तो आ जा मुझे पत्थर कर दे

सारे बादल हैं उसी के, वो अगर चाहे तो
मेरे तपते हुए सहरा को समंदर कर दे

धूप और छाँव के मालिक मेरे बूढ़े सूरज
मेरे साये को मेरे क़द के बराबर कर दे

तेरे हाथों में है तलवार मेरे लब पे दुआ
सूरमा आ मुझे मैदान के बाहर कर दे

इम्तिहां ज़र्फ़ का हो जाएगा साक़ी लेकिन
पहले हम सब के गिलासों में बराबर कर दे

है नमाज़ी कि शराबी, ये कोई शर्त नहीं
वो जिसे चाहे मुक़द्दर का सिकन्दर कर दे

गाँव की बेटी की इज़्ज़त तो बचा लूँ लेकिन
मुझे मुखिया न कहीं गाँव के बाहर कर दे

मेरी तकदीर में है, मेरे हवाले होंगे
वक़्त के हाथ में गर ज़हर के प्याले होंगे

मस्जिदें होंगी, कलीसा न शिवाले होंगे
इतने नज़दीक तेरे चाहने वाले होंगे

मैं अगर वक़्त का सुक़रात भी बन जाऊँ तो क्या
मेरे हिस्से में वही ज़हर के प्याले होंगे

जिन चिराग़ों से तअस्सुब[1] का धुआँ उठता है
उन चिराग़ों को बुझा दो तो उजाले होंगे

राहबर मैंने समझ रक्खा था जिनको राहत
क्या ख़बर थी कि वही लूटने वाले होंगे

---

1. साम्प्रदायिकता

मेरे अश्कों ने कई आँखों को जल-थल कर दिया
एक पागल ने कई लोगों को पागल कर दिया

अपनी पलकों पर सजा के मेरे आँसू आपने
रास्ते की धूल को आँखों का काजल कर दिया

मैंने दिल देकर उसे की थी वफ़ा की इब्तिदा
उसने धोखा दे के ये क़िस्सा मुक्कमल कर दिया

ये हवाएँ कब निगाहें फेर लें, किसको ख़बर
शोहरतों का तख़्त जब टूटा तो पैदल कर दिया

देवताओं और ख़ुदाओं की लगाई आग ने
देखते ही देखते बस्ती को जंगल कर दिया

शहर में चर्चा है आख़िर ऐसी लड़की कौन है
जिसने अच्छे ख़ासे इक शाइर को पागल कर दिया

ज़ब्त ने यूँ तो बहुत से पुल बनाए थे मगर
अब की बारिश ने तो, सब कमरों को जल-थल कर दिया

शहर में ढूँढ रहा हूँ कि सहारा दे दे
कोई हातिम, जो मेरे हाथ में कासा दे दे

पेड़ सब नंगे फ़क़ीरों की तरह सहमे हैं
किससे उम्मीद ये की जाए कि साया दे दे

वक़्त की संगज़नी नोच गई सारे नुक़ूश[1]
अब वो आईना कहाँ, जो मेरा चेहरा दे दे

डूब जाना ही मुक़द्दर है तो बेहतर, वर्ना
तूने पतवार जो छीनी है, तो तिनका दे दे

जिसने क़तरों का भी मोहताज किया है मुझको
वो अगर जोश में आ जाए तो दरिया दे दे

तुमको राहत की तबीयत का नहीं अन्दाज़ा
वो भिखारी है, मगर माँगो तो दुनिया दे दे

---

1. नक्शे

चाँद तेशा[1] है, ज़ख़्म रंगत है
शायरी कुछ नहीं अलामत[2] है

फूल का खिलना, खिल के मुरझाना
सब तेरे जिस्म की हरारत है

छोड़िए भी दुखों-सुखों का हिसाब
आप मिलते हैं, ये ग़नीमत है

फिर वही मोम सा पिघलते रहो
और दो-चार दिन की शोहरत है

शहर में अब मुहब्बतें हैं कहाँ
पीने वालों का दम ग़नीमत है

---

1. कुदाल, 2. निशानी

वो एक तीर है, जिसका शिकार मैं भी हूँ
मैं एक हर्फ़ सही दिल के पार मैं भी हूँ

वो सामने रहा दरिया का दूसरा साहिल
अगर जहाज़ न डूबा तो पार मैं भी हूँ

यहाँ तो मौत का सैलाब आता रहता है
बहुत बचा था, मगर अबके बार मैं भी हूँ

न जाने किसके मुक़द्दर में वो लिखा होगा
मगर ये सच है कि उम्मीदवार मैं भी हूँ

किसे ख़बर है कि नीले समंदरों की तरह
बहुत दिनों से बहुत बेक़रार मैं भी हूँ

ज़िन्दगी भर दूर रहने की सज़ाएँ रह गईं
मेरे कीसे में मेरी सारी वफ़ाएँ रह गईं

नौजवां बेटों को शहरों के तमाशे ले उड़े
गाँव की झोली में कुछ मजबूर माँएँ रह गईं

बुझ गया वहशी कबूतर की हवस का गर्म ख़ून
नर्म बिस्तर पर तड़पती फ़ाख़्ताएँ रह गईं

इक-इक करके हुए रुख़्सत मेरे कुनबे के लोग
घर के सन्नाटे से टकराती हवाएँ रह गईं

बादाख़ाने, शायरी, नग़मे, लतीफ़े, रतजगे
अपने हिस्से में यही देसी दवाएँ रह गईं

अजनबी ख़्वाहिशें सीने में दबा भी न सकूँ
ऐसे ज़िद्दी हैं परिन्दे कि उड़ा भी न सकूँ

फूँक डालूँगा किसी रोज़ ये दिल की दुनिया
ये तेरे ख़त तो नहीं है कि जला भी न सकूँ

मेरी ग़ैरत भी कोई शै है कि महफ़िल में मुझे
उसने इस तरह बुलाया है कि जा भी न सकूँ

इक न इक रोज़ कहीं ढूँढ ही लूँगा तुझको
ठोकरें ज़हर नहीं हैं कि मैं खा भी न सकूँ

फल तो सब मेरे दरख़्तों के पके हैं लेकिन
इतनी कमज़ोर हैं शाख़ें कि हिला भी न सकूँ

मैंने माना कि बहुत सख़्त है 'ग़ालिब' की ज़मीं
क्या मेरे शेर हैं ऐसे कि सुना भी न सकूँ

धोखा दिये पे होने लगा आफ़ताब का
ज़िक्रे शराब में भी नशा है शराब का

जी चाहता है बस उसे पढ़ते ही जाइए
चेहरा है या वरक़ है ख़ुदा की किताब का

सूरजमुखी के फूल से शायद पता चले
मुँह जाने किसने चूम लिया आफ़ताब का

मिट्‌टी तुझे सलाम कि तेरे ही फ़ैज़ से
आँगन में मुस्कुराता है, पौधा गुलाब का

उट्‌ठो ऐ चाँद-तारों, ऐ शब के सिपाहियों
आवाज़ दे रहा है, लहू आफ़ताब का

शहर क्या देखें कि हर मंज़र में जाले पड़ गए
ऐसी गर्मी है कि पीले फूल काले पड़ गए

मैं अँधेरों से बचा लाया था, अपने आपको
मेरा दुख ये है, मेरे पीछे उजाले पड़ गए

जिन ज़मीनों के क़बाले हैं मेरे पुरखों के नाम
उन ज़मीनों पर मेरे जीने के लाले पड़ गए

ताक में बैठा हुआ बूढ़ा कबूतर रो दिया
जिसमें डेरा था, उसी मस्जिद में ताले पड़ गए

कोई वारिस हो तो आए और आके देख ले
ज़िल्ले सुबहानी की ऊँची छत में जाले पड़ गए

शाम होती है, तो पलकों पे सजाता है मुझे
वो चराग़ों की तरह रोज़ जलाता है मुझे

मैं हूँ ये कम तो नहीं है, तेरे होने की दलील
मेरा होना तेरा अहसास दिलाता है मुझे

अब किसी शख़्स में सच सुनने की हिम्मत है कहाँ
मुश्किलों से ही कोई पास बिठाता है मुझे

कैसे महफ़ूज़ रखूँ ख़ुद को अजायबघर में
जो भी आता है यहाँ हाथ लगाता है मुझे

जाने क्या बनना है तुझको मेरी गीली मिट्टी
कूज़ागर रोज़ बनाता है, मिटाता है मुझे

आबो-दाना किसी बिगड़े हुए बच्चे की तरह
मैं जहाँ शाख़ पे बैठूँ कि उड़ाता है मुझे

रिश्तों की धूप-छाँव से आज़ाद हो गए
अब तो हमें भी सारे सबक याद हो गए

आबादियों में होते हैं बर्बाद कितने लोग
हम देखने गए थे तो बर्बाद हो गए

मैं पर्वतों से लड़ता रहा और चन्द लोग
गीली ज़मीन खोद के फ़रहाद हो गए

बैठे हुए हैं क़ीमती सोफ़ों पे भेड़िये
जंगल के लोग शहर में आबाद हो गए

लफ़्ज़ों के हेर-फेर का धन्धा भी ख़ूब है
जाहिल हमारे शहर के उस्ताद हो गए

ग़ज़ल फेरी लगाकर बेचता हूँ
मैं सर्राफ़े में पत्थर बेचता हूँ

सियह मिट्टी की चिड़ियों के बदन पर
गुलाबी पर लगाकर बेचता हूँ

कोई गाहक मिले इन आँसुओं को
समंदर का समंदर बेचता हूँ

किताबों की दुकां खोली है मैंने
बहुत सस्ते में ज़ेवर बेचता हूँ

जहाँ चारों तरफ़ बेचेहरगी है
वहाँ आईने लाकर बेचता हूँ

आँख में जितने भी आँसू थे, ठिकाने लग गए
आते-आते इक तबस्सुम तक ज़माने लग गए

अब तो सहरा और समंदर के लिए हैं बारिशें
खेतियाँ जितनी थीं, उन पे कारख़ाने लग गए

आपसे इक बात कहनी है, बस इतनी बात थी
मुझको इतनी बात कहने में ज़माने लग गए

तेरी पलकों के घने सायों का मौसम ख़ूब है
धूप में निकला तो सर पे शामियाने लग गए

बन्द कमरों की उमस अपना मुक़द्दर बन गई
छत पे पहुँचा था कि बादल सर उठाने लग गए

ज़िन्दगी को ज़ख़्म की लज़्ज़त से मत महरूम कर
रास्ते के पत्थरों से ख़ैरियत मालूम कर

टूटकर बिखरी हुई तलवार के टुकड़े समेट
और अपने हार जाने का सबब मालूम कर

जागती आँखों के ख़्वाबों को ग़ज़ल का नाम दे
रात भर की करवटों का ज़ायका मंज़ूम[1] कर

शाम तक लौट आऊँगा हाथों का ख़ालीपन लिये
आज फिर निकला हूँ मैं घर से हथेली चूमकर

मत सिखा लफ़्ज़ों को अपने बरछियों के पैंतरे
ज़िन्दा रहना है, लहज़े को ज़रा मासूम कर

1. कविताबद्ध करना

कभी दिमाग़, कभी दिल, कभी नज़र में रहो
ये सब तुम्हारे ही घर हैं, किसी भी घर में रहो

जला न लो कहीं हमदर्दियों में अपना वजूद
गली में आग लगी हो, तो अपने घर में रहो

तुम्हें पता ये चले घर की राहतें क्या हैं
अगर हमारी तरह चार दिन सफ़र में रहो

है अब ये हाल कि दर-दर भटकते फिरते हैं
ग़मों से मैंने कहा था कि मेरे घर में रहो

किसी को ज़ख़्म दिये हैं, किसी को फूल दिये
बुरी हो चाहे भली हो मगर ख़बर में रहो

सफ़र की हद है वहाँ तक कि कुछ निशान रहे
चले चलो कि जहाँ तक ये आसमान रहे

ये क्या उठाए कदम और आ गई मंज़िल
मज़ा तो जब है कि पैरों में कुछ थकान रहे

मुझे ज़मीन की गहराइयों ने दाब लिया
मैं चाहता था मेरे सर पे आसमान रहे

अब अपने बीच मरासिम[1] नहीं अदावत है
मगर ये बात हमारे ही दरमियान रहे

वो इक सवाल है, फिर उसका सामना होगा
दुआ करो कि सलामत मेरी ज़ुबान रहे

---

1. आत्मीयता

इसको सामान-ए-सफ़र जान ये जुगून रख ले
राह में तीरगी होगी, मेरे आँसू रख ले

तू जो चाहे तो तेरा झूठ भी बिक सकता है
शर्त इतनी है कि सोने का तराज़ू रख ले

वक़्त किस तरह गुज़रता है, ये अन्दाज़ा लगा
अपनी मुट्ठी में ज़रा देर को बालू रख ले

वो कोई जिस्म नहीं है कि जिसे छू भी सकें
हाँ, अगर नाम ही रखना है, तो ख़ुशबू रख ले

मेरी ख़्वाहिश है कि आँगन में न दीवार उठे
मेरे भाई, मेरे हिस्से की ज़मीं तू रख ले

लोग हर मोड़ पे रुक–रुक के सँभलते क्यों हैं
इतना डरते हैं तो फिर घर से निकलते क्यों हैं

मैक़दा ज़र्फ़ के मैयार का पैमाना है
ख़ाली शीशों की तरह लोग उछलते क्यों हैं

मोड़ होता है जवानी का सँभलने के लिए
और सब लोग यहीं आके फिसलते क्यों हैं

नींद से मेरा तअल्लुक ही नहीं बरसों से
ख़्वाब आ–आके मेरी छत पे टहलते क्यों हैं

मैं न जुगनू हूँ, दीया हूँ, न कोई तारा हूँ
रोशनी वाले मेरे नाम से जलते क्यों हैं

कहाँ गुज़ारी हैं साँसें जवाब माँगेगा
वो जब भी हमसे मिलेगा हिसाब माँगेगा

दीया न छीन मेरे हाथ से कि दिल मेरा
मचल गया तो अभी आफ़ताब[1] माँगेगा

जो हँस रहा है मेरे शेरों पे वही इक दिन
कुतुब-फ़रोश[2] से मेरी किताब माँगेगा

शिकस्त खा ही गया मेरा हातिमाना मिज़ाज
किसे ख़बर थी कि वो मुझसे ख़्वाब माँगेगा

शरीफ़ लोग तो मस्जिद में छुप के बैठ गए
वो जानते थे कि 'राहत' शराब माँगेगा

---

1. सूर्य, धूप, 2. किताब बेचनेवाला

सारी बस्ती क़दमों में है, ये भी इक फ़नकारी है
वर्ना बदन को छोड़ के अपना, जो कुछ है, सरकारी है

कॉलिज के सब लड़के चुप हैं, काग़ज़ की इक नाव लिये
चारों तरफ़ दरिया की सूरत, फैली हुई बेकारी है

फूलों की ख़ुशबू लूटी है, तितली के पर नोचे हैं
ये रहज़न का काम नहीं है, रहबर की मक्कारी है

इक-इक क़तरा तौल के देगा, इक-इक पैसा मोल का लेगा
अब साक़ी ग़ज़लों का नहीं है, अब साक़ी ब्योपारी है

हमने दो सौ साल से घर में तोते पाल के रक्खे हैं
'मीर तकी' के शेर सुनाना कौन बड़ी फ़नकारी है

अब फिरते हैं हम रिश्तों के रंग-बिरंगे ज़ख़्म लिये
सबसे हँसकर मिलना-जुलना बहुत बड़ी बीमारी है

दौलत बाज़ू, नकहत गेसू, शोहरत माथा, गीबत होंठ
इस औरत से बचकर रहना यह औरत बाज़ारी है

कश्ती पर आँच आ जाए तो हाथ क़लम करवा देना
लाओ मुझे पतवारें दे दो, मेरी ज़िम्मेदारी है

आँख प्यासी है कोई मंज़र दे
इस जज़ीरे को भी समंदर दे

अपना चेहरा तलाश करना है
गर नहीं आईना तो पत्थर दे

बन्द कलियों को चाहिए शबनम
इन चराग़ों में रोशनी भर दे

पत्थरों के सरों का क़र्ज़ उतार
इस सदी को कोई पयंबर दे

कहकहों में गुज़र रही है हयात
अब किसी दिन उदास भी कर दे

फिर न कहना कि ख़ुदकुशी है गुनाह
आज फ़ुर्सत है फ़ैसला कर दे

चाँद इक टूटा हुआ टुकड़ा मेरे जाम का है
ये मेरा क़ौल नहीं, हज़रते 'ख़य्याम' का है

हमसे पूछो कि ग़ज़ल माँगती है कितना लहू
सब समझते हैं ये धन्धा बड़े आराम का है

प्यास अगर मेरी बुझा दे तो मैं जानूँ वर्ना
तू समंदर है, तो होगा, मेरे किस काम का है

अब तेरी बारी है, आईने बचा ले अपने
मेरे हाथों में जो पत्थर है, तेरे नाम का है

तेरी जलती हुई शम्ओं की लवें क्या देखूँ
मेरी आँखों में तो मंज़र अभी आसाम का है

पुराने लोगों के क़िस्से निकालता क्यों है
भलाई करके समंदर में डालता क्यों है

ये उससे कह दो कि काग़ज़ के पर भी काफ़ी हैं
वो रोज़ मुझको हवा में उछालता क्यों है

कहीं मिलेगा तो एक बात उससे पूछूँगा
वो मार डालेगा मुझको तो पालता क्यों है

सफ़ेद दूध, सियह ज़हर हो कि सुर्ख़ शराब
मैं पी चुका हूँ तो सागर खँगालता क्यों है

यहाँ तो चारों तरफ़ कोयले की खानें हैं
बचा न पाएगा कपड़े सँभालता क्यों है

मेरी ग़ज़ल को ग़ज़ल ही समझ तो अच्छा है
मेरी ग़ज़ल से कोई रुख़ निकालता क्यों है

यूँ लम्हा-लम्हा सहारों का क़र्ज़दार न कर
गिराना है तो गिरा दे, सँभालता क्यों है

जा के ये कह दे कोई शोलों से, चिंगारी से
फूल इस बार खिले हैं, बड़ी तैयारी से

भाईचारे से, मुहब्बत से, वफ़ादारी से
ज़िन्दगी हमने गुज़ारी है, अदाकारी से

ज़हन में जब भी तेरे ख़त की इबारत चमकी
एक ख़ुशबू सी निकलने लगी अलमारी से

शाहज़ादे से मुलाक़ात तो नामुमकिन है
चलिए आ जाते हैं मिलकर किसी दरबारी से

अपनी हर साँस को नीलाम किया है मैंने
लोग आसान हुए हैं, बड़ी दुश्वारी से

चराग़ डसती हुई आँधियाँ भी आएँगी
अगर सफ़र है, तो दुश्वारियाँ भी आएँगी

अभी तो नाव किनारे है फ़ैसला न करो
ज़रा बढ़ोगे तो गहराइयाँ भी आएँगी

मैं मौसमों का थका हूँ, मुझे हक़ीर न जान
मेरे शजर में कभी पत्तियाँ भी आएँगी

मुझे क़रीब से पढ़ सरसरी नज़र से न देख
मेरी किताब में दिलचस्पियाँ भी आएँगी

अलाव गाँव के बाहर रहे तो अच्छा है
लगेगी आग तो चिंगारियाँ भी आएँगी

हम अपनी आँख पे पट्टी तो बाँधने से रहे
दुकान है, तो यहाँ लड़कियाँ भी आएँगी

मगर फिज़ूल रहे काग़ज़ों के गुलदस्ते
ख़याल था कि यहाँ तितलियाँ भी आएँगी

मेरे सूरज को ठंडा कर रहा है
समंदर धीरे-धीरे मर रहा है

जमी हैं सोच पर क़दमों की चापें
न जाने कौन पीछा कर रहा है

मैं अक्सर बादलों में देखता हूँ
कोई बूढ़ा इबादत कर रहा है

अब उसकी ठोकरों में ताज होंगे
वो सारी उम्र नंगे सर रहा है

मेरे सीने से गुज़री रेलगाड़ी
जुदाई का अजब मंज़र रहा है

बड़ा ताजिर[1] बना फिरता है सूरज
मेरे ख़्वाबों का सौदा कर रहा है

हो फ़ुर्सत तो हमारे दुख भी बाँटे
ज़रा देखो ख़ुदा क्या कर रहा है

---

1. व्यापारी

ज़िन्दगी तेरी आस रखती है
ये निंबोली मिठास रखती है

ज़िन्दगी आग की सलीबों पर
काग़ज़ों के गिलास रखती है

तजरबों की हैं बारिशें दरकार
उम्र चिड़िया की प्यास रखती है

मौत अपने बदन पे कुछ दिन तक
ज़िन्दगी का लिबास रखती है

तीरगी ख़ुशनुमा उजालों के
दायरे आस-पास रखती है

उसके सीने से आग निकलेगी
जो ज़मीं खुश्क घास रखती है।

✿✿✿